3
2
1

妖怪森林

劉思源——著　貓魚——繪

推薦序

妖怪森林行前通知

文／林玫伶（兒童文學作家、前臺北市國語實小校長）

打開這本書，馬上被故事深深吸引。一篇篇下筆生動俐落、幽默趣味橫生、想像力爆發的童話，讓我在這座妖怪森林裡流連，忘了任務是要寫篇推薦序。

從奇幻的世界回到日常，我的口袋裝了四顆在森林撿拾的種子：

第一顆種子，上頭刻著「內在邏輯」。每一篇故事都有如天馬行空萬里，又能被作者穩妥的駕馭，駕馭的韁繩就是故事的「內在邏輯」。比如說，大家讀〈巫婆失業了〉，一開始連珠炮的失業理由，讓你內心忍不住點點頭說：「是的是的，就是這樣！」當你讀〈沒關係先生做披薩〉時，看著這位先生什麼都沒關係，越讀越緊張，不知最後該如何收拾。放心放心，作者創作的韁繩，讓你絲毫不用擔心爛結局。

第二顆種子，上頭刻著「語文樂趣」。作者筆下的角色、物件，幾乎都是精心安排才出場的。比如在〈花仙子的一天〉中，熱心的花仙子帶著一籃被丟棄的花草到處幫人解決問題。她用「向日葵」幫太陽代班，除了花朵造型與太陽相似之外，更是取「向日葵」與「像日葵」的諧音；然後又用含羞草幫鴨媽媽製作自動的「百葉窗」，除了含羞草有觸碰即開關的特徵外，更是取自「百『葉』窗」的靈感……。像這樣的語文樂趣在〈一字大師〉的測字過程中也展露無遺，更別提〈蚊子特攻隊〉中通篇生動的「深度報導」，讓人佩服。

第三顆種子，上頭刻著「價值思考」。書裡的故事很有趣，也很有「意思」，所謂「意思」是指故事在好玩、有趣之外，還傳遞了重要的價值，這些價值藏得很深卻又入口即化。像〈誰是最偉大的裁縫師〉提煉了裁縫中「修補」的元素，讓各式各樣的裁縫師輪番上場，相信讀完故事，你也會想一想：「我需要怎樣的裁縫師？」「我願意成為怎樣的裁縫師？」再如〈失業陣線聯盟〉中，那些排隊等著神仙奶奶幫忙介紹職業的物件，會讓我們驚覺時代進步太快速了，過時產品該怎麼辦！從而動腦思考，儘管問題不一定有標準答案。

第四顆種子，上頭刻著「多識博聞」。孔子曾經提到讀《詩經》的功能，其中一項是「多識於鳥獸草木之名。」而閱讀本書也有類似的效果呢！你瞧〈水果王國選國王〉裡，身穿格子黃袍、頭戴綠葉王冠的鳳梨，果然適合出演國王；而高掛枝頭的熱帶水果椰子常種在海邊，負責預報氣象則最合適。〈花仙子的一天〉同樣十分精采，像豬媽媽的煎餅店需要一塊招牌，於是花仙子用牽牛花排成「花招」，巧妙連結牽牛花「早上開花晚上謝」的特性，跟開店的時間一致。類似這樣的細節不勝枚舉，小讀者可以藉此多識博聞，一點也不誇張！

除了這四顆種子外，還有許多散布在《妖怪森林》裡，等著大小讀者探訪喔！

作者序

故事，是我熱愛的語言

舞者用身體說話，畫家用色彩和線條說話，音樂家用音符和旋律說話，而身為一位創作者，我熱愛頂著王子或公主的王冠、或是揮著妖怪的爪子、戴著雞貓狗驢的面具……來說話。

或許也可以這麼說，我希望藉著創造一個個趣怪的角色，飛翔在真實和幻想交錯的國度，和大小讀者分享我的所思、所想、所愛、所重。能在字裡行間輕巧的承載一些關於生活、社會、文化與價值觀的觀察和想法固然令人欣喜，但我更緊張的是，能否吸引讀者興奮的跳進故事裡流連忘返。

「有趣」二字其實頗堪玩味，它不單單是「笑料」製造機（當然能讓讀者哈哈大笑絕不簡單），也可能是產自於生活中的矛盾與挫折。例如〈巫婆失業了〉中，張花朵巫婆一角顛覆了傳統中「大魔王」的刻板印象，反而成了噴著飢餓口水，努力轉戰新職場的小民；而〈一樣國〉中那些被困在框框架架裡的角色們，為了不肯「更新」意念而手忙腳亂、糗態百出，感覺是不是挺有熟悉感的呢？

不記得在哪兒看過一段話，原文已不可考，記憶中的大意加上我個人意識的超連結，大致可轉譯如下：安徒生在《國王的新衣》中，早已諄諄告誡「孩子的眼睛亮晶晶」，若是寫故事的人不能回轉像小孩般真誠直率，而妄想用主題正確、高含金量的知識、絢麗的文學技巧……裝模作樣的編織其實空無一物的故事糖衣，保證一眼就被識破手腳，落入和國王一樣光溜溜的尷尬下場。

《妖怪森林》是我的第一本童話集，初心閃閃。雖然看起來依舊由巫婆、仙子、國王王后、傻瓜等老戲骨擔綱演出，但每一則故事皆嘗試挑戰「新」視角、「心」感動，追求原創童話的獨立性格。

童話，真的要野一點！否則怎能取悅孩子們（或成人內心的小孩）活潑、跳躍、無拘無束的童心？

感謝字畝出版社編輯群慎而重之的重新整編，去蕪存菁，並邀請插畫家貓魚加入，以自由線條、奔放色彩，堆疊出一座趣味盎然、彩光燦燦的繽紛森林，讓大怪物、小怪物都可以在其中盡情撒野、快意走跳。

目次

推薦序 妖怪森林行前通知／林玫伶 …… 2

作者序 故事，是我熱愛的語言 …… 5

1 巫婆失業了 …… 10

2 花仙子的一天 …… 24

3 妖怪森林 …… 35

4 失業陣線聯盟 …… 46

5 一樣國 …… 62

6 水果王國選國王 …… 67

7 誰是最偉大的裁縫師 …… 81

8 骨頭 …… 92

9 沒關係先生做披薩 …… 97

10 蚊子特攻隊 …… 111

11 瑪諾莎的面具 …… 120

12 鬍子國 …… 129

13 一字大師 …… 141

1 巫婆失業了

所有的巫婆都失業了，真的。

當出版童話故事的人，看到巫婆的故事就大叫：「巫婆！巫婆！這種老掉牙的角色，小朋友才不要看。現代的小朋友要的是機器人、外星人，你們知不知道？」巫婆就失業了。

當巫婆騎著掃把飛到空中，發現自己好像在高速公路騎腳踏車，飛機、火箭、太空梭個個比她快，巫婆和掃把就都失業了。

當巫婆說她是巫婆，要把小孩子當點心吃掉，卻只引得所有小朋友們哈哈大笑說：「騙人！騙人！世界上哪裡有巫婆，那是大人哄騙小孩睡覺，和吞下難吃東西時的謊言；如果你是巫婆，我們就把你吃掉。」巫婆就失業了。

當巫婆看到魔術師大衛叔叔把自由女神變不見，而嚇得目瞪口呆，巫婆和她的法術就失業了。

當巫婆穿著黑衣、黑裙上街，發現街上好多男男女女也都穿著黑衣、黑裙（也許樣式稍稍不一樣）。沒有人認出她是巫婆，也沒有人尖叫著昏倒，巫婆就失業了。

當……

噯！反正巫婆是失業了。

張花朵巫婆失業很久了，她已經好一陣子沒有工作和收入。

「唉！我快餓死了，沒有錢就沒有食物。」張花朵蹲在她的巫婆堡前面，和她的老搭檔烏鴉抱怨。

烏鴉說：「你可以去找不需要花錢的東西吃呀！」

張花朵說：「你不知道，食物愈來愈難找。以前整條亞馬遜河都是好吃的鱷魚，現在牠們都變成人們的大衣和皮包。城裡的老鼠太油膩，鄉村的老鼠又都是農藥，這得怪牠們吃的東西滿是農藥，要是我吃了牠們一定會得癌症。」

烏鴉插嘴說：「就是嘛！最近的蟲子缺少運動，肌肉又老又澀，難吃死了。」

張花朵嘆口氣：「噯！難吃不要緊，有得吃就好……。咦？」張花朵的眼光落在烏鴉身上。

「我是你的老朋友，你不能吃我。」烏鴉嚇得嘎嘎叫。

「你想到哪去了嘛！」張花朵一邊笑，一邊悄悄走近，然後突然伸手一把抓住烏鴉。「可是我快餓死了，只好算你倒楣。」張花朵提著烏鴉衝進廚房。

「嗯！讓我想想一鍋美味的烏鴉湯該用什麼材料？對了，先要一鍋水。」張花朵升起火，找來一個鍋子，加進水煮了起來。「然後還要三條蜈蚣腿、四個蝙蝠頭上的爛瘡、一些鱷魚的原汁口水……。」張花朵興奮的翻箱倒櫃，一點也不理會烏鴉的苦苦哀求。「放了我吧！求求你放了我吧！」烏鴉的嗓子都快要喊啞了。

「噗！噗！噗！」水開了，可是張花朵什麼也沒找到。「煮個清燉烏鴉湯也不錯。」張花朵痛下決心，就要把烏鴉丟下鍋時，烏鴉叫了起來：「等等！如果你放了我，我就告訴你一個好地方，那裡有吃不完的東西。」

張花朵哈哈大笑：「你少騙我！」

烏鴉說：「我怎麼敢騙你，那裡真的有很多好吃的東西，像蜘蛛、螞蟻、鵝屎、鱷魚口水……。」

張花朵聽得心臟怦怦跳，口水都要掉下來了，但是又捨不得已

經到嘴邊的烏鴉，心裡真為難。

烏鴉又說：「而且如果我騙了你，你還可以再把我抓回來，我又逃不出你的手掌心。」

張花朵想想也對，烏鴉怎麼可能逃出巫婆的手掌心？她鬆開手，烏鴉連忙鼓起翅膀，飛到櫃子上。張花朵說：「好了！你可以說了吧！」

烏鴉看看四周，天花板上有一個小小的天窗，他想了一個主意，說：「現在，你走到門口把門打開，再把頭伸出去向右看。」張花朵照著牠的話做，可是什麼也沒有看到。

「在哪啊？」張花朵問烏鴉。

烏鴉說：「再伸出去一點。」趁著張花朵把頭拚命往前伸的時候，烏鴉「咻」一聲，從天窗飛出去，嘴裡還叫著：「笨巫婆！要吃東西去動物園吧！」

張花朵氣得直跺腳，可是烏鴉已經飛遠了，捉也捉不到。

「動物園？那兒會有東西吃嗎？」可是張花朵沒有別的辦法，只好去動物園碰碰運氣。

張花朵一路走，一路問，走了好久好久，走到太陽下山，終於看見一個像公園的大園子，入口上面掛著一個大牌子，寫著「動物園」三個大字，下面還有一行小小的字：「徵求瀕臨絕種動物，提

供食宿。」

「太好了！有吃又有住。」張花朵好高興，飛也似的衝進去。

「嘿！女士，你是誰？你要買票才可以進來。」一個手拿交通指揮棒的男人，從後面追過來，抓著張花朵大吼大叫。

張花朵好委屈，從來沒有人對她這麼兇過。「有什麼不對嗎？」張花朵小聲的問。

男人說：「你的票呢？女士。」

張花朵說：「票？我沒有票啊。我是看到外面寫著管吃管住，這才進來的。快點帶我去吃東西好嗎？我已經好久沒吃東西了。」

男人說：「那是徵求瀕臨絕種動物的廣告，你是瀕臨絕種的動物嗎？」

張花朵從沒聽過「瀕臨絕種動物」這個詞彙，她決定誠實：「先生，請問什麼是瀕臨絕種的動物？」

男人說：「就是以前有很多，現在只剩一點點的動物，叫做瀕臨絕種動物。」

張花朵笑了：「對啊！以前有很多巫婆，現在只剩下我、蓮達表妹和咕嚕嬸婆，其他的巫婆不是退休了，就是改行了。我想我是瀕臨絕種的動物，如果巫婆也算是一種動物的話。」

「巫婆？你說你是巫婆？」男人很驚訝。

「當然，你看，我有一個鷹勾鼻，我穿著黑衣服，我的頭髮住著跳蚤，我會嘿嘿的冷笑。」張花朵驕傲的解釋自己是一個巫婆。

男人好高興：「太好了！好久沒有看到或聽到巫婆，一個這麼傳統的巫婆。」

「那麼，你能給我一點東西吃嗎？」張花朵興奮的期待著。

「當然，」男人笑著回答說，「不過，我們這裡的每一個動物，都必須工作才有飯吃。」

張花朵連忙說：「沒問題，如果你讓我吃飽，我可以表演一些可愛的把戲，像是把王子變成青蛙，讓他娶到美麗的公主。」

男人搖搖頭說：「現在的王子才不想和公主結婚，如果她們有公主病可就不妙了！不過，你放心，我們一定會為你找到合適的工作。」

從此以後，小朋友到動物園去，都可以看到一個穿黑衣的老太婆，拿著大掃把在園子裡東掃掃、西掃掃。她的身上背著一個牌子，上面寫著：

名稱：

巫婆

年齡：保密。

特徵：鷹勾鼻，喜著黑衣黑帽，頭髮內有寄生蟲跳蚤，聲音尖又高，像雞被捏住脖子時的叫聲。

分布：全球僅剩三隻，為亟待保護的動物。

特長：掃地。

2 花仙子的一天

花仙子一大早提著裝滿花花草草的花籃，在森林裡走來走去，這些花草都是被丟棄的垃圾，像是兔子伯伯就為了增建車庫來展示他新買的跑車，硬生生砍掉一大片美麗的玫瑰花圃。花仙子看了好心疼，她細心的把那些被人丟棄的花草撿回來，想為它們找一個合適的新家。

「把它們種在哪裡好呢？」花仙子正傷腦筋，忽然天空一會兒

亮一會兒暗。

花仙子抬頭一看，太陽伯伯不知怎麼的，好像壞了的燈泡，一閃一閃的。

「您這是怎麼了？」花仙子關心的問太陽。

「我感冒了……。」太陽有氣無力的說。

「哎呀！生病要休息，您趕快回家吧！」

「不……哈啾！」太陽打一個大噴嚏說，「今天應該是晴天，我不能偷懶呀！否則小動物們都不能出來玩，植物也無法行光合作用。」說完又打了好幾個噴嚏，鼻涕像瀑布般噴了花仙子一臉。

「這樣可不行！」花仙子想了想，從花籃裡拿出一朵向日葵拋

到天上，再向太陽借一些光芒放在花朵四周，向日葵就搖身成為一個迷你小太陽。花仙子說：「沒魚，蝦也好。您就讓小向日葵幫您上一天班吧！」向日葵變成「像」日葵，太陽總算可以回家好好休息。花仙子一回頭，看到鴨媽媽正在罵小鴨。

「鴨太太，誰惹您生氣了？」

「還不是我那些淘氣的鴨寶寶，說是要學超人，把我新做的窗簾折下來當披風，結果你看……」

花仙子一看，原本粉紅色鑲著蕾絲花邊的窗簾，現在灰溜溜的躺在地上，還東破一孔、西破一洞的。

花仙子想了想，從花籃裡找出一些含羞草，拿給鴨媽媽，說：

「您別生氣了，我教您一個新鮮的方法。把這些含羞草種在窗戶上方，它垂下來便成了天然的窗簾，如果想打開窗簾，只要輕輕一碰，它的葉片就會自動合起來。」

「哇！這才是名副其實的百『葉』窗，而且還是全自動的呢！」

小鴨們興奮的把含羞草搶去種。

鴨媽媽搖搖頭：「希望這些含羞草在種上去以前，不會被他們弄死。」

花仙子繼續走，走到豬媽媽煎餅店。奇怪的是，豬媽媽不在煎香噴噴的煎餅，而是拿著鎚子和釘子忙著修理一塊木板。

「豬媽媽，您在忙什麼？」

「唉！我的招牌又掉了。」

花仙子一看，那塊木招牌破破爛爛的，加上長年被油煙燻得黑烏烏的，實在不太好看。

「我說豬媽媽，您的煎餅又香又好吃，您的招牌怎麼又舊又破，客人看了不會倒胃口嗎？」

「是呀！我一直想換塊新招牌，可是又捨不得花錢。」

花仙子想了想：「有了！我有一個省錢的法子。」她從花籃裡找出一大把牽牛花，把它們排成「豬媽媽煎餅店」六個字，種在木板上。

「您看，這個新『花招』又漂亮又省錢吧！而且牽牛花一到早上便開花，到了晚上就謝了，不正好符合您開店的時間？早上牽牛花一開，您就開店做生意；晚上牽牛花一謝，就可以關門休息。」

花仙子一說一大堆，豬媽媽沒回答，只是怔怔的看著她的新花招牌。

花仙子偷偷笑，她臨走前又送給豬媽媽幾枝百合花，用它們裝豆漿、奶茶、冰淇淋再好不過了。

花仙子繼續走，來到池塘邊。忙了大半天，她靠著柳樹想休息一會兒，卻不知不覺睡著了。睡著睡著，突然，叮叮咚咚，大顆大顆的雨滴打在她的臉上。

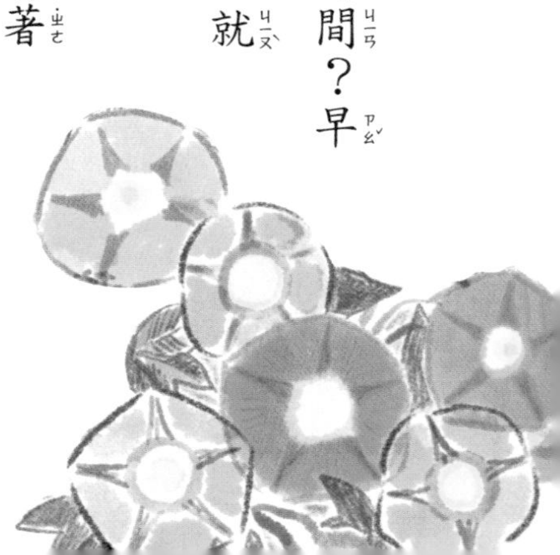

「下雨啦！下雨啦！嘩啦啦啦淅瀝瀝！」一池青蛙在池塘裡歡樂大合唱，岸邊的小動物們則慌慌張張四處躲雨。

「別急，別急，我這兒有現成的雨傘。」花仙子急忙從花籃裡掏出大芭蕉葉給小熊，芋頭葉則分給了猴子、公雞、松鼠……香菇則給了老鼠先生一家，至於蜈蚣先生，得到一串風鈴花雨帽。

夏天午後的雨說來就來，說走就走。花仙子繼續往前走，天色慢慢暗下來。

「撲通！」一聲巨響。

「發生了什麼事？」

「沒什麼，沒什麼！」黑暗中傳來山羊老爹的聲音，「天黑了，沒看清楚路，滑了一跤。」

「哎呀！旁邊就是山崖。」花仙子驚叫，山羊老爹只要再往前踏一步，就……

「這可不行，我得為森林裝幾盞路燈，讓大家在晚上也可以安全的活動。」她一邊說，一邊動手抓了一大群螢火蟲，把他們裝進鬱金香花裡，掛在樹梢上。螢火蟲晶瑩的光芒從透明的花瓣透出來，又明亮又美麗。

螢火蟲們大聲抗議：「我們還要去玩耍呢！才不要待在小小的花裡。」

「別心急，你們只要在花裡住一個晚上就可以了，明天我會請

其他的螢火蟲來代替你們。想想看，只要一個晚上，就能幫大家好大的忙，不是很值得嗎？而且我會送你們各種不同的花香，讓你們做世界上獨一無二的花香螢火蟲，如何？」

「太棒了！」螢火蟲們高興極了。

事情圓滿結束，花仙子打個大呵欠，忙了一整天，簡直累得眼睛都快睜不開了。她飛回家裡，換上心愛的拖鞋蘭小花鞋，喝了一杯香香濃濃的菊花茶，再吃一小塊可口的蜂蜜玫瑰蛋糕。

「多美好的一天！」她爬上柔軟的花瓣床，進入甜美的夢鄉。

明天，她還有好多事要做呢！

3 妖怪森林

在哈德街的盡頭，有一個黑暗的小森林，裡頭住著許多妖怪，有的頭上長著兩隻角，有的臉上長滿膿包，有的全身是毛，有的長著尖銳的爪子，還有獨眼的、獨腳的……。每到晚上，妖怪們還會「嗚——嗚——」的怪叫。那聲音又低沉又沙啞，聽的人會不由自主全身發抖、打顫，甚至恍恍惚惚的亂走。

大人們不准孩子到森林去玩，他們說：「妖怪最愛吃小孩。他

們發出怪聲，就是要迷惑小孩，一步一步走進森林，一步一步走進他們的嘴裡，變成他們的點心。」

阿哈住在哈德街的街尾，從他房間的窗戶望出去，就是妖怪住的森林，每天晚上阿哈都把窗戶關得緊緊的，再用棉被蒙住頭，可是那「嗚——嗚——」的聲音，還是會傳到阿哈的耳朵裡，他嚇得拼命禱告：

「求求主，不要讓妖怪來吃我。」

這一天，哈德街上來了一個年輕

人，他穿著彩色的披風，戴著珠寶串成的帽子，左手牽著一隻穿紅色西裝的猴子，右手拿著一個小鼓。他一面搖鼓，一面大聲叫：「來喲！來喲！好看的猴戲來囉！」

人們紛紛跑過來看表演，阿哈和其他小朋友更把猴子團團圍住。

年輕人誇張的鞠躬，說：「謝謝大家的捧場，現在請看猴子的精采表演。」

猴子聽了年輕人的話，馬上翻個筋斗，又把嘴唇翻出來扮鬼臉，逗得孩子

們哈哈大笑。

年輕人又拿出一輛小車，說：「最厲害的特技來囉！」猴子「唰——」的一聲跳上車，衝進孩子中間，一會兒倒立騎車，一會兒單手騎車……。孩子們拚命鼓掌，把手都拍紅了。

年輕人脫下帽子說：「謝謝大家的掌聲，別忘了，留下幾個銅板在我的帽子裡。」

人們又鼓起掌，紛紛掏出錢丟在帽子裡。阿哈掏光身上的口袋，只有兩粒彈珠，那可是阿哈最寶貴的財產，於是他把彈珠丟到帽子裡。

年輕人看了，悄悄對阿哈說：「謝謝，這一定是你最珍貴的寶

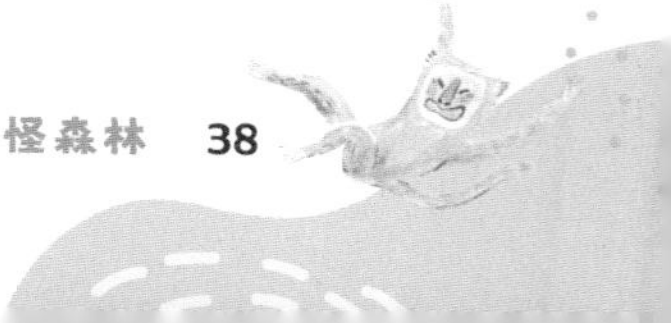

物對不對？等一下請你跟我來，我叫猴子專門表演踩高蹺給你看。記住，不能讓別人知道喲！」阿哈興奮得心臟都要跳出來了，可是猴子卻忽然飛奔過來，跳到阿哈身上又叫又跳。

年輕人跑過來拉開猴子，對阿哈說：「不要怕，猴子只是熱情的向你打招呼呢！你先躲到後面，等到人散了，你再出來。」

等人群全都散去，阿哈從樹後走出來：「現在，猴子可以表演踩高蹺了嗎？」

年輕人說：「不行，我們得找個隱密的地方才行。」可是猴子卻不肯走，年輕人一邊笑著對阿哈說：「你看，猴子在撒嬌呢！」一邊拉緊拴在猴子脖子上的繩子往前拖，猴子痛得吱吱叫。

阿哈難過的說：「不要拉了！我不要看了！」

年輕人看四周沒有別人，突然拿出一個大麻袋，把阿哈和猴子統統裝到袋子裡，背在背上往前跑。

阿哈急得叫：「救命呀！救命呀！」

年輕人恐嚇他說：「再叫，我就一棒把你打昏。」阿哈聽了嚇得一聲也不敢出。

不知道跑了多久，「咚」一聲，阿哈感覺自己掉到地上，年輕人打開袋子，把阿哈和猴子拉出來，並拿根繩子把阿哈綁在樹上。

阿哈一看，原來年輕人把他帶到了妖怪森林裡，阿哈說：「你到底要幹什麼？」

年輕人說：「告訴你也沒關係，我要把你賣掉。」

阿哈生氣的說：「你要是把我賣掉，我爸媽絕不會放過你。」

年輕人說：「可惜，他們不會知道的。」然後他轉頭對猴子說：「你今天的表現實在太差勁，害我差點做不成生意，看我怎麼修理你。」

年輕人拿起一根樹枝，狠狠的抽打猴子，打得猴子哇哇叫。

阿哈叫：「不要打了。」

年輕人轉過頭來說：「再吵！連你一起打。」

猴子趁年輕人不注意，一溜煙逃進森林深處。

年輕人追趕不上，一臉兇惡的對阿哈說：「都是你讓猴子跑掉

了，我要好好修理你。」說著揮起樹枝，就要打他。

這時有一隊馬戲團走了過來，年輕人連忙跑過去。馬戲團主對年輕人說：「喂！你要賣給我的人呢？」

年輕人指指阿哈說：「就是他。我要的錢呢？」

馬戲團主從口袋裡拿出一個袋子，說：「一毛錢也不少，人可以給我了吧！」

年輕人把阿哈交給團主，阿哈掙扎的喊著：「不要！我不要！」一腳踢到團主的臉上。

團主大怒說：「來人，把這個小子關到籠子裡。」

正在掙扎時，「嗚——嗚——」的怪聲，從森林裡傳過來，而

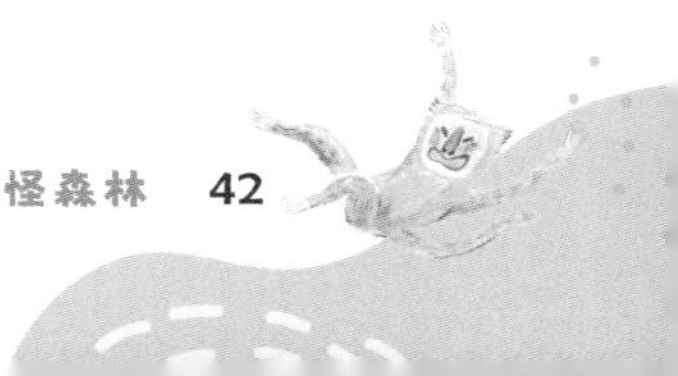

且聲音愈來愈大，聽起來就像是有數十頭怪獸向這裡撲來。

馬戲團主很害怕，說：「這是什麼聲音呀？我……」他話還沒說完，猴子從樹林裡跳了出來，後面跟著一大群妖怪，有的頭上長著兩隻角，有的臉上長滿膿包，有的全身是毛……。他們發出可怕的聲音，張牙舞爪的衝過來。

年輕人和馬戲團主嚇得頭也不回的逃走了。

阿哈也很害怕，正要逃走，妖怪們卻一把抓他回來。

阿哈說：「求求你們，不要吃我。」

妖怪們說：「吃你？誰要吃你？是猴子叫我們來救你的，你卻把我們當做吃人的妖怪。」說完又發出

「嗚——嗚——」的怪聲。

阿哈說：「那你們為什麼要發出這種恐怖的聲音？」

妖怪們說：「我們在哭啊！只因為長得和別人不一樣，大家就把我們當做妖怪，沒有人和我們做朋友。」

經過一連串可怕的經歷，又看到眼前這群救了他的善良妖怪們，阿哈終於明白：

「你們不是妖怪，年輕人和馬戲團主才是真正的妖怪，我要和你們做好朋友。」

從此，森林再也沒有傳出「嗚——嗚——」的聲音。

4 失業陣線聯盟

這年頭失業的人、事、物可多了，隨便說說就有一、二十種，像巫婆啊、白馬王子啊、噴火龍啊、會說話的貓啊……。反正人們不再相信的，不再喜歡的，自然就失業了，有的甚至消失不見。

「這樣下去可不行！」神仙奶奶自言自語的說。最近來看她的人愈來愈少，搞不好她馬上也要失業了；另一方面，她還有點心酸，她盡心盡力幫助人們好幾千年，不論是協助孩子們一步步實踐

夢想，或是讓老先生、老太太重獲健康……每一個心願她都沒有怠慢過。沒想到，人們說拋棄她便拋棄她。她想了幾天幾夜，靠人不如求己，她決定換個職業，把神仙廟重新粉刷裝潢，變成「神乎奇技職業介紹所」，這樣不僅她有了一個時髦的新工作，也同時可以幫助和她有相同困境的人。而且，為了顯示自己的決心，她把象徵法力的仙杖丟進海裡，發誓再也不用仙法，她要靠自己的能力重新站起來。

說來容易做時難，職業介紹所開了好幾天，一個顧客也沒上門，沒有仙法的神仙，通常是得不到人家信任的，神仙奶奶閒得直打瞌睡。

「有人在家嗎？」一個小小的聲音，吵醒了正在作夢的神仙奶奶，她睜眼一看，原來是一滴小水滴，不過它和一般的水滴不一樣，它全身黑兮兮的，還散發出噁心的臭味。

「你怎麼會弄成這樣？」神仙奶奶問。

小水滴說：「我是從小河裡來的，不知道什麼原因，以前清澈的小河，現在變得又黑又臭，河裡的魚蝦、水草……不是死了，就是急匆匆的搬家、移民，再也沒有人肯靠近我們，愛我們。」說著說著，它掉下一串黑黑臭臭的眼淚。

神仙奶奶掐指一算：「唉！沒辦法，小河被廢水、垃圾、糞便……汙染得很嚴重，想要回復恐怕非常困難，這種情況就像小河

得了癌症一樣。」

小水滴「哇——」一聲哭出來：「可是我好寂寞啊！以前小河裡有好多可愛的魚、蝦……。小朋友們也會來游泳、划船、釣魚……。現在再也沒有人肯靠近我，更別說和我談天，與我遊戲。」

「別哭！別哭！」神仙奶奶被小水滴的眼淚嚇得手足無措。不知為何她從小一看到別

人的眼淚，就會忍不住全身痠痛，不然她為什麼要來當救苦救難的神仙。

神仙奶奶一邊安慰小水滴，一邊飛快的幫它想辦法，有誰需要黑色的水？對了！喜歡寫書法和畫國畫的人需要大量墨水，不如就讓小河變成一條墨水河。

神仙奶奶給小水滴一些神仙牌墨汁即溶粉，讓它撒進小河裡，它雖然不能把小河變清澈，卻能把惡臭變成墨香，也能消毒殺菌，使大家能安心使用。

小水滴雖然不滿意，但只能接受這個辦法回家去。神仙奶奶嘆口氣：「就算我還是神仙，也沒本領把小河變回原來的模樣呀！而

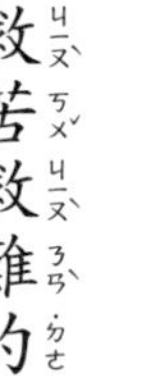

且即便我讓它回復清澈，如果大家不珍惜，過沒多久還不是照樣變黑發臭。」她正在感嘆時，一陣轟隆轟隆的聲音由遠到近衝過來，「砰」一聲，大門四散五裂，一條鐵軌從天而降，一列火車「戚恰戚恰」的停在她面前，桌上的杯子、盤子都震得摔下來。「喂！你想嚇死我呀！沒禮貌的傢伙。」神仙奶奶摸摸跳森巴舞的心臟。

沒想到列車個大膽小，它的臉一下子變得通紅，小聲的直說：「對不起！對不起！」並發動引擎轉身要走。

「回來，難道你是特地來嚇我的嗎？」神仙奶奶假裝生氣的嘟著嘴。

列車聽了嚇得猛搖頭：「不！不！我來這裡只是想請您幫我找

份新工作。」

「你失業了？不會啊！我看你跑得挺快的，應該還沒到要被淘汰的地步。」

列車低下頭，它的聲音小得像蚊子叫：「不是我想退休，而是客人不再需要我，他們寧願搭更快速的捷運、高鐵、飛機……。」

哦！哦！神仙奶奶覺得自己和它同病相憐。她想了很久，有哪種列車可

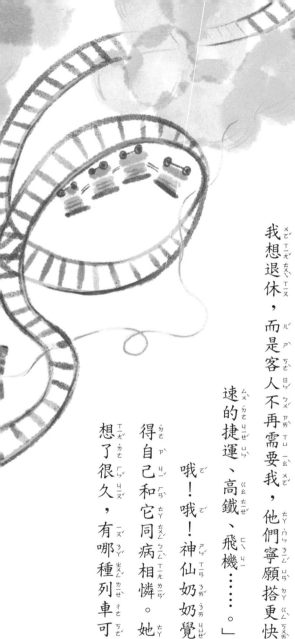

以永遠被人喜愛？對了——雲霄飛車，孩子們永遠喜愛雲霄飛車。

神仙奶奶和列車花了一下午的時間動手改裝車身和鐵軌：漆上彩虹般的油漆、裝上安全帶、為輪子上油、設計軌道……。事實上，他們把軌道扭轉成三百六十度的大圈圈，包准刺激得令小朋友尖叫。列車心滿意足的離開了，神仙奶奶也很得意。

忽然，窗外吹來一陣風：「神仙奶奶，救救我。」可是神仙奶奶左看右看，也看不到半個人影，她急著說：「是誰？快出來。我一定會盡力幫助你的！」

突然，一陣風吹過她的耳邊：「奶奶，我是一句話，您是看不見我的。」

「一句話？」神仙奶奶覺得有點好笑，它既不是人，也不是東西，居然會有失業的煩惱？

「奶奶，您不要笑，所謂花無百日紅，沒有任何人、事、物可以永垂不朽、留芳千古，何況是我小小的一句話？」

神仙奶奶一聽，馬上肅然起敬，這句「話」不簡單，能把成語用得這麼好，這麼溜。

神仙奶奶問：「你是哪句話？」

「我是『沒吃過豬肉，也看過豬走路』。」

「原來是這句俗語啊！」神仙奶奶想了又想：「這句話還是常有人用啊。」

「問題是現代人哪看過豬走路？連看過整隻豬的人都不多，何況看豬走路？」

神仙奶奶一想，也對！現代人天天吃豬肉，卻未必看過豬，更別說是豬走路了。想到這裡，神仙奶奶大叫一聲：「有了！我們把你的文句前後顛倒過來，變成『沒看過豬走路，也吃過豬肉』不就符合現代人的精神了嗎？相信如此，你又可以再留芳一個千古。」

這麼簡單？一句話千恩萬謝的走了，還說要介紹其他老掉牙的

同儕來拜訪。

一句話剛走，太陽也下山了，該是神仙奶奶關門休息的時間。她泡了個熱水澡，吃了一碗熱騰騰的香菇麵，喝了一杯小小的葡萄酒，就在她正要鑽進暖烘烘的被窩時，門外傳來一陣吵雜的聲音，

「開門啊！」

神仙奶奶千個不甘心，萬般不願意，慢吞吞的開了門，一大堆旗子沒頭沒腦的擠了進來。

「喂！你們是誰？」神仙奶奶口氣不善。

「我是何××」、「我是

王〇〇」、「我是卜△△」……黑鴉鴉一片旗海，七嘴八舌搶著自我介紹。「挺眼熟的。」神仙奶奶戴起老花眼鏡仔細瞧，原來是前陣子選舉的時候，插滿街道的候選人宣傳旗。

「你們為什麼半夜三更來吵人？對了，何××，你不是上次來我廟裡發誓：『如果買票便要人頭落地』，難道你是來交頭的？」

何××的旗子委屈的說：「奶奶，何××是何××，何××的宣傳旗是何××的宣傳旗，您不要把張三的帳，算在李四頭上嘛！況且何××一當選，早就把我忘光光，任由我被人丟到垃圾堆……。」說到這裡，其他的旗子也一齊「唰唰」的飄動，聲音好似幽靈哭泣。

這怎麼辦？神仙奶奶深深同情它們，不論當選或不當選，它們都淪為永久的廢棄物，也不能再度使用；對照選舉時的熱鬧，這些宣傳旗現在就好像置身冰窖一般。

神仙奶奶看著一面面旗子。「有了！」她摸黑帶著旗子飛奔出去，把它們一根一根按照一定的距離插在稻田裡。她一直忙到天亮，才全部插完。

麻雀們迎著清晨的微風，嘰嘰喳喳衝進田裡吃稻穀。咦？稻田裡怎麼多了一群陌生的傢伙。

旗子們迎著風，氣勢滔滔的鼓動，發出怒吼：

「呼——呼——呼——」

「走——走——走——」

麻雀們嚇得全飛走了。

神仙奶奶滿意的笑了，這款現代稻草人，免錢、省工、又耐用。她轉身回家，打算好好睡個回籠覺，她不知道「神乎其技職業介紹所」門口現在排了一串長長的隊伍，唱片、蠟燭、洗衣板、掃把……都正等她介紹新工作呢！

5 一樣國

森林裡有個「一樣國」。那裡的人，長相一樣，穿的衣服一樣，吃的東西一樣，住的房子一樣，連什麼時間做什麼事，也都一樣。

所以，如果你來到一樣國，你一點也不必驚訝，為什麼全國人會一起起床、一

起刷牙、一起上廁所、一起洗澡……。

「一樣國」還有個規矩：要是誰做了不一樣的事情，就得關到監牢裡。

有一天，有件大麻煩發生了，那就是阿寶的出生。

阿寶生下來，一點也不像「一樣國」的人。他的眼睛圓又大，鼻子像個小蒜頭，嘴巴像玫瑰花瓣，和「一樣國」的人——豆子眼、煙囪鼻、獅子嘴——一點也不一樣。

國王馬上召集大臣來開會。

國王說：「這個阿寶和我們長得不一樣，我們得把他送入監牢。」

宰相說：「不對，生小孩的是媽媽，我們應該把媽媽送到監牢。」

大臣說：「阿寶是在醫院出生的，一定是醫生做錯了什麼事，我們應該把醫生送進監牢才對。」

正當大家吵得亂紛紛的時候，警察大臣跑進來說：「你們統統被捕了，因為你們的意見不一樣，不一樣就得

坐牢。」

國王、宰相、大臣們嚇得一邊跑、一邊尖叫。警察大臣帶著小警察們，吹著哨子、揮著警棍，拼命的追呀追，把一起上班的人們衝散了，把一模一樣的房子擠破了，東邊跑、西邊追，害得大家不能一起吃飯、刷牙、洗澡……。

「一樣國」陷入空前的大混亂。

「一樣國」的人都在大叫：「天啊！這是怎麼一回事？」「什麼都不一樣了，該怎麼辦？」老人們還發誓說：「世界末日就要到了！」

「一樣國」的人再也受不了了，他們有了「一樣」的決定——把「不一樣就得坐牢」的規矩關到監牢裡，誰都不准再提起。

終於，「一樣國」又恢復了平靜，而且大家開始不必再穿一樣的衣服、住一樣的房子、一樣的時間也不必做一樣的事……。大家可以有不同的意見、看法，過著幸福快樂的日子，再也不必擔心「不一樣就得坐牢」這條規矩。

另外，還有一件事，就是那個闖禍的阿寶，後來做了「一樣國」的國王，因為大家都說：

「他看起來不一樣嘛！」

6 水果王國選國王

到今天為止，鳳梨先生已經當了九十九年的水果國國王。他每天穿著格子黃袍，頭戴綠葉製成的王冠，準時七點去王宮大殿辦理國家大事，從來沒有一天遲到或請假，百姓都很喜歡他。

可是今天一早，他不小心著了涼，一直打噴嚏，就連吃早餐的時候也停不下來。當他把最愛吃的荷包蛋夾進口中的時候，不幸的事發生了——他忍不住打了一個大噴嚏，把碎蛋和口水一齊噴到坐

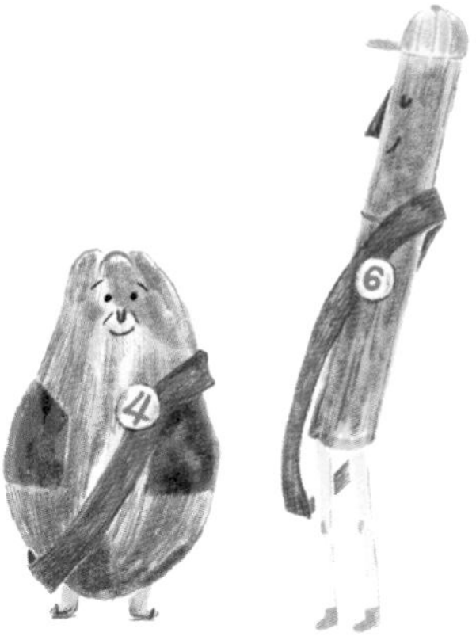

在對面的番茄王后臉上。

番茄王后氣得滿臉通紅，說：「親愛的，我想你應該馬上去看醫生，今天不要上班了。」

鳳梨國王說：「這怎麼可以？國家有那麼多重要的事情要處理，我不親自去辦怎麼會放心？」國王一邊說，一邊又打了好幾個大噴嚏。

番茄王后慢慢的放下刀叉，從牙縫裡蹦出幾個字：「沒有你，國家也不會倒。」說完，脹紅的臉一下變成青色，頭也不回的走了。

鳳梨國王搖頭說：「這真是太不可理喻了！」邊說邊走上大殿。可是當他坐上寶座時，不僅噴嚏打個不停，連頭也疼了起來。

文武百官沒有注意到國王生病了，爭先恐後的上前報告。

財務大臣葡萄，撥著身上的算珠說：「報告國王，今天一包肥料的價格比昨天貴了零點四元，恐怕會影響國家的經濟，不知道該怎麼辦？」

硬漢芭樂擔任環保署長，說：「愛樂死農藥的毒性很強，可能會造成土壤汙染，不知道該怎麼辦？」

留美博士蘋果說：「開放外國蘋果進口，可以使大家有更多樣、更便宜的蘋果，但是也會阻礙本

地蘋果的銷售，不知道該怎麼辦？」

大家你一言，我一語，紛紛請求國王下指令。

鳳梨國王平常會一件事一件事和大臣們討論，可是這會兒，他的頭愈來愈疼，再聽到大家的七嘴八舌，他突然覺得自己好可憐，年紀已經那麼大了，還要為大大小小的國事煩心，連生病的時間也沒有。

這時，一向住在高樹上，負責預報氣象的椰子說：「報告，今天有颱風！」

「哇！」大家叫了起來，水果們最害怕的就是颱風，因為颱風帶來的風、雨、水災……都是水果的大殺手。

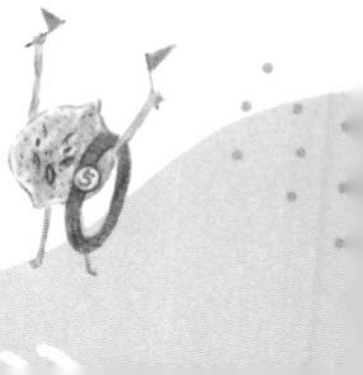

鳳梨國王嚇得跳起來，說：「你怎麼不早說？颱風有多大？會在哪裡登陸？」

椰子說：「國王，您不要著急，我已經發布颱風消息，做好各種防颱準備。」

鳳梨國王說：「你可嚇了我一大跳。」

椰子說：「可是我有一件天大的問題，不知道該怎麼辦？」

鳳梨國王說：「什麼事？快說！」他被椰子嚇得頭愈來愈疼。

椰子說：「不知道今天學校要不要停課一天？」

鳳梨國王大吼一聲：「這種事也要問我嗎？颱風大，就停課；颱風小，就不停課。」說完，他覺得再也無法忍耐，他摘下頭上的

綠葉王冠，走了，留下目瞪口呆的大臣們。

鳳梨國王一口氣跑進後宮，倒在番茄王后的懷裡，一邊哭，一邊說：「我討厭每天戴王冠，我討厭每天穿黃袍，我討厭準時上班，我討厭人家問我『這怎麼辦？那怎麼辦？』……。」

番茄王后說：「閉嘴！光哭有什麼用？你不如好好想想自己該怎麼辦？」

鳳梨國王嚇得把眼淚都收了回去，想了好久好久，終於想出一個辦法。

第二天，他把文武百官統統召來，說：「各位，我已經很老了，老得無法再幫各位解決任何問題，所以我決定退休，你們必須找到

一個新國王，來接替我的工作。」

大臣們嚇壞了，紛紛說：「怎麼辦？怎麼辦？」

鳳梨國王大叫：「噢！天啊！不准再說『怎麼辦？』，你們必須『馬上辦』。」說完，頭也不回的走了。

大臣們只好自己想辦法，有的人說要辦一個運動會，選出最強壯的人當國王；有的人說要舉行全國智力測驗，選出最聰明的人當國王；有人說還是請鳳梨王子繼承王位比較好……。大家討論了三天三夜，還是找不出最好的方法，意見不同的人，甚至吵起架來。

突然，水果國最穩重的西瓜博士，像發瘋似的大叫：「有了！我想到辦法了！」

這可嚇壞了殿上的大臣們，因為西瓜博士有一個硬邦邦的綠面孔，平常看起來很嚴肅，沒有人敢和他說話。

西瓜博士不理會大家驚訝的眼神，繼續說：「我們可以舉辦一個選舉，讓全國的水果投票給自己最喜愛的國王候選人，誰的票數最高，我們就請他當國王。各位也可以投票給自己喜愛的候選人，不用再吵來吵去。」

哇！這真是個好主意，連一向「氣味」和大家「不相投」的榴槤也說：「有理、有理。」

於是，大臣們在全國各地貼滿公告：凡水果國國民，年滿一歲以上，都可以競選國王，歡迎有能力、肯服務的人，在十二月二十

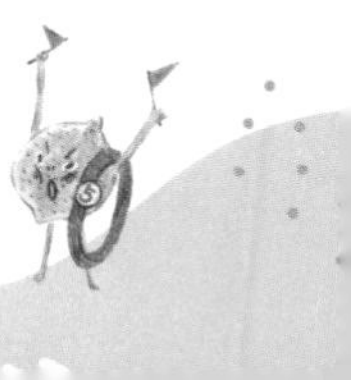

五日前到王宮報到。

這下子，全水果國都熱鬧了起來，家家戶戶都在討論：「誰是最好的國王人選？」「好國王應該有什麼條件？」等等。而有志選國王的水果，也一個個到王宮報到，並發表他們的政見。

一號是水蜜桃王子，他披著絨毛外衣說：「我是來自北方的貴族，我的家族一共出了五位國王、六位王后、十八位首相，相信我是最有經驗的國王人選，何況我又長得這麼高貴、英俊……。」

二號橘子先生說：「我身上的坑坑疤疤，是多次打仗留下來的光榮標記，以我的勇敢，一定

可以保護國家安全，不受敵人的欺負。」

三號草莓女士，穿著鮮豔的紅外衣、綠草裙說：「我們水果國，從來沒有女國王，我要證明女孩也能當國王，我們的能力絕對不比男孩差。」

四號是木瓜叔叔，他是被瓜瓜一族推派出來的候選人，因為木瓜叔叔一向心地很軟，經常救濟需要幫助的人，是有名的好好先生。

五號是酸檸檬，他激動的說：「同樣

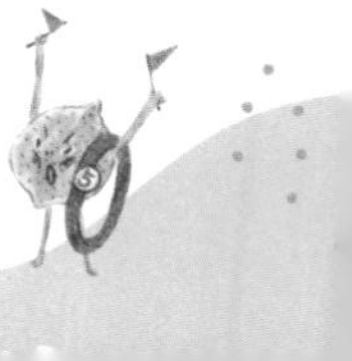

是水果，甜的水果總是比較受歡迎，酸的水果只能泡水喝，或者做做調味料，我有責任提醒大家，多聽聽少數族群的聲音。」

六號是田徑冠軍甘蔗老兄，他說：「憑我一雙長腿，沒有人可以跑得比我快，跳得比我高，像我這樣的運動天才，才能當國王，對不對？」

七號是智者釋迦，他說：「看！我天生滿頭包，長得不太好看，但其實我腦袋裡裝滿各種學問，能解決任何問題、回答所有困惑，誰比我更

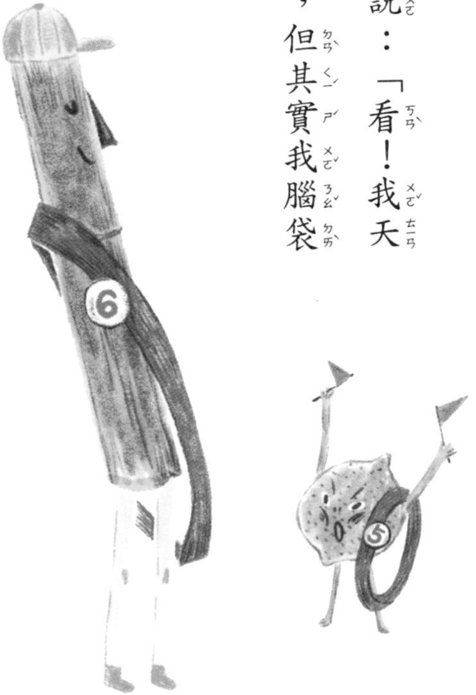

有資格當國王呢？」

八號是龍眼小弟，他是候選人中年紀最小的一位。他說：「我年紀輕，有新觀念、新做法，更有熱情為大家服務。請大家多鼓勵、支持我們年輕一代，我一定可以為國家帶來新的氣象！」

候選人們努力的發表各自的政見，水果國的國民也睜大眼睛、豎起耳朵，仔細觀察每個候選人。時間一天一天過去，終於到了投票的日子。

在投票之前，鳳梨國王發表了一篇感人的演說：「各位，我很高興終於要退休了，也相信各位，一定能用雪亮的眼睛，找出最合

適的新國王。不過，最令我開心的是，所有的活動都是由大臣們自己策畫、自己執行，他們已經學會如何用『自己的腦袋』，所以我更可以放心退休了，願我們的國家在新國王和大臣們的努力下，更加幸福歡樂。」

水果國國民聽了，紛紛鼓掌叫好，甚至流下歡喜的眼淚。

最後，每個水果都接到一張選票，上面寫著候選人的號碼和姓名，他們只要在自己最喜愛的候選人的號碼上打勾勾，投入投票箱就可以了。

小朋友，這裡有一張選票，你可以想想看，如果你是水果國的國民，你會把票投給誰？為什麼？

選票

④	③	②	①

木瓜	草莓	橘子	水蜜桃

⑧	⑦	⑥	⑤

龍眼	釋迦	甘蔗	檸檬

※ 一次只能選一個號碼，否則此票作廢。

7 誰是最偉大的裁縫師

蘇拉皇后接到表妹烏拉公主的喜帖，邀請她參加下個月十號舉行的盛大婚禮。

「怎麼辦？怎麼辦？只剩下二十幾天的時間，叫我去哪裡找一件最漂亮、最特別的新禮服，好穿去參加婚禮呢？」蘇拉皇后急得大叫，她可是出了名的愛漂亮啊。

她想了好久，終於想出一個辦法。她命令衛兵到全國各地貼告

示，徵求「最偉大的裁縫師」，只要有人能在二十天內，做一件最漂亮又最特別的禮服，便賞黃金一百兩。

告示一貼出去，全國各地的裁縫師紛紛帶著自己最得意的作品趕去皇宮，參加比賽。最後有三個裁縫師進入決賽。

蘇拉皇后問第一個裁縫師：「你帶來了什麼樣的衣服？」

第一個裁縫師打開盒子，亮出一件白色的蓬蓬裙，細看之下，

整件衣服是由一朵朵白色小花串織而成的。

「漂亮是漂亮，就是不夠特別。」蘇拉皇后說。

第一個裁縫師回答說：「皇后，這可是一件兩用便利衣啊！」

他一邊說，一邊把裙子中央的小花翻過來，背面是一排小扣子，只要扣上扣子，那件蓬蓬裙一下子就變成時髦的燈籠褲。

「嗯！不錯、不錯。」蘇拉皇后露出笑臉。

第二個裁縫師卻說：「這件衣服雖然設計新巧，但比不上我的冬暖夏涼衣實用。」

他打開盒子，一件金光閃閃的魚尾裙映入眼前，他解釋說：「這件金鯉魚裙可以襯托皇后高貴的身分。而調整型的剪裁，則能呈現出皇后身形最完美的一面。」

皇后一聽大喜，她為日漸發福的肚子，傷了好一陣子的腦筋。

裁縫師繼續說：「不過，這件金鯉魚裙最特別的是，它冬夏皆可以穿。」他一邊說，一邊折掉魚尾的部分，翻開襯裡，原來它是雙層的，冬天時只要塞上棉花就成為一件保暖的襖裙。

「不錯、不錯。」蘇拉皇后笑得眼睛瞇成兩道彎彎的月亮。

「別急，我這裡還有一件世界上最漂亮、最特別的禮服。」第三個裁縫師打開盒子，小心翼翼的拿出他的作品。

「哇！好多顏色啊！」皇后驚嘆。

這是一件五彩繽紛的晚禮服，裁縫師用紅、橙、黃、綠、藍、靛……等多色的輕紗，製成一片片荷葉邊，再把荷葉邊一層疊一層，拼成一襲如夢似幻的長裙。

第三個裁縫師笑說：「顏色多不稀奇，稀奇的在後面。」他把裙子翻開，原來一層層的荷葉邊都是活動的，可以隨意加加減減……裙子便一會兒短、一會兒長、一會兒藍、一會兒紅。

「太好了！太好了！一件禮服可以變成許多件禮服。」蘇拉皇后笑得眼睛變成「一」了。

突然，殿門口傳來一個聲音：「做衣服的裁縫師有什麼了不起，能幫人改頭換面的裁縫師才是真偉大。」

大家一看，是一個高高瘦瘦的男人，他戴著一副圓圓的眼鏡，穿著一身白衣，手裡提了一個大箱子。

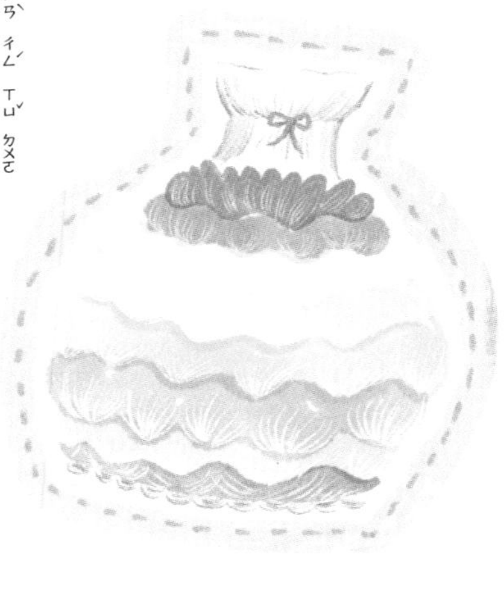

「你是誰？」蘇拉皇后問。

「我是偉大的齊一刀大夫。」男人說。

「你來幹什麼？我是在找世界上最偉大的裁縫師。」

「誰說只有拿針和布的才是裁縫師，我們大夫也是裁縫師。」

齊一刀打開大箱子，拿出大大小小、長長扁扁數十支手術刀說：

「手術刀便是我的剪刀，面孔便是我的布料。」

「真的嗎？」皇后不相信。

齊一刀說：「我可以當場示範。」

皇后隨手把宮女阿娥推出去說：「你就試試吧！」

阿娥小時候曾被熱水燙傷，臉上留下一些凹凹凸凸的疤痕，偏偏她還長著兩顆小綠豆眼、蓮霧鼻、香蕉嘴，這使得阿娥一直希望自己可以變漂亮一點。

只見齊一刀拿著手術刀，在阿娥臉上揮過來揮過去。沒多久，他大叫說：「完成了！」

大家一看，阿娥臉上纏滿紗布，什麼也看不到。

齊一刀說：「別急，三天後拆線便知分曉。」

三天以後，在無數的眼睛圍繞下，齊一刀慢慢揭開阿娥臉上的紗布。

「哇！」阿娥的疤痕通通不見了，她開心的又叫又跳。而且阿娥的臉在齊一刀精雕細琢下，整個都變了，現在的她有著烏溜溜的葡萄眼、挺挺直直的甘蔗鼻，和紅紅小小的櫻桃嘴。

這時一個柔美的聲音傳來：「只有外表漂亮就足夠了嗎？看久了，還不是兩個眼睛，一個嘴巴？」

一位老太婆慢慢的從門口走進來。她的臉上帶著淺淺的微笑，像三月的春風溫和的拂過皇宮裡的每一個人，大家都不自覺的微笑起來。

「你是誰？」蘇拉皇后笑嘻嘻的問。

「我是心靈的裁縫師——智慧老人。」

「心靈也可以裁縫？」

「當然，想想看你受到別人傷害的時候，會不會心如刀割？當你被親愛的人陷害時，會不會心如針扎？這時候你需要一位心靈的裁縫師，幫你修補破碎的心，重織一顆健康的心。」

蘇拉皇后問：「怎麼修補呢？」

老婆婆神祕一笑：「『原諒』和『希望』，再串上一點點『愛』，相信我，美麗的心才是永恆的。」

蘇拉皇后聽了，忍不住拍起手來：「對呀！對呀！心靈的裁縫師的確偉大。」

「才不呢！我才是最偉大的裁縫師。」不知何時，皇宮裡又來了一大群人，都自稱是裁縫師。像法官自稱是正義的裁縫師；記者號稱真相的裁縫師……居然還有一個叫做「時間」的人，大刺刺的說自己是「歷史」的裁縫師。反正為了一百萬兩黃金，各式各樣的裁縫師都出現了。可憐的蘇拉皇后為了決定哪一個人是最偉大的裁縫師，連烏拉公主的婚禮都錯過了，到現在還在想、想、想。天啊！她本來只是想要一件漂亮的新禮服而已。

8 骨頭

皮皮是一隻不喜歡骨頭的狗。誰說小男孩一定要喜歡機關槍，小女孩一定要喜歡洋娃娃，而小狗一定要喜歡骨頭？所以皮皮決定，牠不喜歡骨頭。

可是，皮皮的小主人龍龍不知道牠的決定。就在皮皮生日的那一天——

龍龍說：「親愛的皮皮，今天是你的生日，我們為你準備了一

個大禮物。」

皮皮一聽，像風一樣跑到龍龍的面前，抬起頭、仰著臉、搖搖尾巴、叫著「汪、汪、汪」。皮皮知道，只要做這些小把戲就會有好事發生。

龍龍從背後拿出一個大紙袋，打開說：「你看，一根特大號的骨頭。」

皮皮退後兩步，然後低吼了兩聲。牠心裡想：「不！我才不要骨頭呢！」

龍龍說：「每一隻小狗都會有一根骨頭。骨頭可以啃，可以磨牙，還可以玩『小孩丟、小狗撿』的遊戲呢！」

皮皮想：「我才不做這些無聊事呢！」

龍龍說：「現在，我把骨頭丟出去囉！你一定要跑過去把骨頭接住，否則人家會以為你是大笨蛋。」

皮皮哼一聲，心想：「你才是大笨蛋。」

龍龍說：「看，我丟了！」

「嗖——」一聲，骨頭從皮皮頭上飛過去。

皮皮邁開腿，向前衝，

牠心想：「這種小把戲
怎麼可能難倒我？」

皮皮超過了骨頭，

轉個身，跳起來接住了骨頭。

龍龍和爸爸、媽媽，都拍手叫好說：「皮皮好棒啊！」

皮皮也高興的回叫幾聲「汪、汪」，表示答謝捧場。

龍龍說：「皮皮，把骨頭給我！」

皮皮想：「哼！我才不要呢，否則你會一次又一次玩這種無聊的把戲。對了，我可以把骨頭藏起來，讓所有人都找不到。」

皮皮想到這裡，立刻用腳刨了一個地洞，把骨頭丟下去，再蓋上泥土。

「這下子，你們沒辦法了吧！」皮皮不禁得意的叫著「汪、汪、汪」。

沒想到，龍龍和爸爸、媽媽卻哈哈大笑說：「你看，皮皮多喜歡這根骨頭，還把它藏起來了呢！」

9 沒關係先生做披薩

動物村有一隻青蛙先生，他本來姓甚名誰已經沒有人記得，大家都叫他「沒關係」先生。這是為什麼呢？原來他經常把「沒關係」這三個字掛在嘴邊，像下雨天忘了帶傘，他會說：「沒關係，大頭也可以擋雨。」腳踏車壞了，他會說：「沒關係，走走路也不錯。」甚至有人借錢不還，他還是說：「沒關係，錢不借給別人自己也會花。」就這樣漸漸的，大家便稱他為「沒關係」先生了。有

些人說他是好人，有些人笑他是笨蛋，有人則批評他是因為懶惰才什麼事都覺得沒關係……。沒關係先生聽了，也只是笑笑的說：

「沒關係、沒關係。」

這一天是沒關係先生的生日，他宣布要做一個全世界最厲害的披薩請大家吃。

沒關係先生一早先上市場買材料。

「老闆，一百斤麵粉。」他對雜貨店老闆說。

老闆把所有麵粉倒出來也只有九十九斤。

沒關係先生想了想說：「沒關係，其餘的用太白粉代替也不是不可以。」

於是，老闆給了他九十九斤麵粉和一斤太白粉。

買完麵粉，沒關係先生再去買起司。

「對不起，起司缺貨，你要不要換別的？」起司店的小妹說。

沒關係先生說：「有沒有像起司一樣黏黏的、香香的東西？」

小妹連忙說：「有！有！」拿給他一桶麥芽糖。

他又去買了許多材料。火腿沒有，沒關係，香腸也可以。蝦子沒有，蛤蜊也可以……。買完材料回家，沒關係先生馬上捲起袖子做披薩。

他打開不知哪兒撿來的食譜：

第一步——把酵母粉、奶油和糖一起放入四十度的水中，調成

酵母糖水。

沒關係先生一邊念，一邊拿出材料來。酵母粉，有。奶油，有。糖，有。他得意的笑出來，一股腦把這些東西一起倒入水中。

「哎呀！我忘了要用四十度的水了。沒關係，把水加熱不就行了嗎？」沒關係先生把水盆拿到爐上煮，往下繼續看食譜：第二步——把麵粉倒入調好的酵母糖水中，然後以一斤麵粉加一百毫升的水的比例，將麵粉揉成軟硬適中的麵團。

糟了，他廚房裡沒有量杯，一百毫升是多少水？

他決定不讓這個問題困擾他，他打開水龍頭，「一百斤的麵粉需要一萬毫升的水，假設一滴水是一毫升，那麼一萬滴水不就是一萬毫升了嗎？」

他開心的一邊數數，一邊揉麵團。揉啊揉，揉啊揉，終於揉成一個大麵團。

他興奮的唱起歌：「水多水少沒關係，麵團永遠是麵團。」

他低頭確認下一個步驟：

第三步——把麵團擀成厚薄均勻的麵餅，然後把麵餅旋轉式的往上丟數次，這樣做出來的餅皮嚼著會更香鬆有勁。

沒關係先生皺起眉頭：「什麼是旋轉式啊？食譜的毛病就是永遠說不清楚。」

他找出擀麵棍來擀麵，這才發現手中的擀麵棍太小了，根本擀不動他的大麵團。

「有了，我可以用掃把來代替，它可夠長了吧！」他用掃把將麵團擀成一個大餅，但是麵團實在太大了，很難擀得均勻，有的地方厚，有的地方薄。

他想了一會兒，乾脆跳到麵餅上，一邊跳來跳去，

一邊唱著：「薄的地方跳一下，厚的地方跳兩下，麵餅不薄也不厚。」

可是他跳了好久，麵餅看起來還是不太均勻。他想：「我還是先丟麵餅好了，也許丟一丟麵餅就均勻嘍！」

他奮力舉起麵餅，然後在原地轉一個圈，再把麵餅往上丟。沒關係先生就這樣一直轉圈

一直丟，轉到後來頭昏昏、眼花花，一不小心，「砰」一聲，麵餅沒接好，砸到他頭上，眼前頓時金星亂轉。

「這可夠旋轉了吧！」沒關係先生喃喃的說。

噹！噹！噹！噹！時鐘響了。

「哎呀！十點了，我得快一點才行。」

沒關係先生匆匆看下一行食譜：

第四步——依各人口味，把餡料切成大小適中的形狀，鋪在麵餅上。

「這個容易。」沒關係先生笑起來。

「兔子喜歡紅蘿蔔，小貓愛吃香魚，山羊只吃青草……。」他

一邊思考各種動物喜歡吃的東西，一邊飛快的洗洗剁剁，他還配合不同動物的體積，把食物切成合適的大小，像老鼠的香腸就切得細細的，大象的香蕉就整根丟下去。

沒關係先生得意的笑：「一個好廚師，總是比別人多一點細心。」

這時動物們也陸陸續續到了，他們一個一個衝向廚房，叫著嚷著：「沒關係先生，全世界最厲害的披薩好了沒有？」

「你們不可以偷看。」沒關係先生一邊把動物們趕出廚房，一邊飛快的放調味料。當然，沒關係先生可不是一個斤斤計較的廚師，如果他多放一匙糖或少放一勺鹽，相信也沒有人會驚訝，更別忘了，他沒有起司只有麥芽糖。

加好調味料，他往下看最後一個步驟：

把披薩放進烤箱，用中火烤三十分鐘即可。

沒關係先生照著食譜做，當他關上烤箱時，他突然想到：「我的披薩又大又厚，三十分鐘一定不夠。」於是，他把烤箱的時間加長了一倍。沒關係先生覺得自己是全世界最聰明的青蛙。

他走出房間對大家說：「親愛的朋友們，當烤箱鈴聲響起，全世界最厲害的披薩即將誕生在我們動物村。」

動物們聽了紛紛鼓掌，並且一起動手布置餐桌。先鋪上紅色格子的桌巾，再擺好白瓷餐盤，銀製的刀叉，河馬太太還從園子裡採下一大把花插在水晶瓶裡，猴子也忙著把一路上摘的果子調成綜合果子酒……。

馬伯伯彈鋼琴，一曲接一曲，烤箱的鈴聲沒有響。

黃鶯姨唱歌，一首接一首，烤箱的鈴聲沒有響。

長頸鹿帶大家跳舞，一支接一支，烤箱的鈴聲還是沒有響。

「我肚子好餓啊！」豬小弟終於忍不住叫出來。

這句話說出了每個客人的心聲，他們一起看著沒關係先生。

沒關係先生臉紅起來，他連忙解釋：「我的披薩比較大，所以需要烤久一點，不過我有辦法讓它快點好。」他邊說邊跑進廚房，把烤箱從中火轉成大火。

沒關係先生想：「火開大一點，烤的時間就短一些，好廚師總是能隨機應變。」

他得意的跨出廚房說：「各位，再十分鐘就……」

砰！砰！砰！

廚房一陣巨響，打斷沒關係先

生的話。

沒關係先生轉頭衝進廚房，動物們也跟著跑進去。只見烤箱冒出陣陣黑煙，還傳出一股焦味。沒關係先生把烤箱打開——一個像卡車輪胎般的東西滾出來，巨大、堅硬、漆黑。

沒關係先生叫起來：「哎呀！我想我把火開太大了。」他用力把那東西的表皮撥開，驚喜的喊：「你們看，裡頭沒有焦，還可以吃。」

的確，那個像車輪的東西上面，除了一些已經焦得看不出是什麼的東西外，還有一些半生不熟的魚啊、肉啊……，甚至有一些還血淋淋、黏答答的呢！動物們你看看我，我看看你，異口同聲說：

「沒關係，我們不餓。」

10 蚊子特攻隊

嘿！你發現了嗎？最近的蚊子愈來愈厲害！牠們不僅神出鬼沒，還沒見到半個蚊影，你已經變成一枝紅豆冰外，牠們還大搖大擺從點燃的蚊香旁邊飛過來、飛過去，好像在嘲笑說：現在居然還有人在用那種老骨董……。

這是怎麼一回事？我本來也不明白。直到最近我的老友——昆蟲語文學家韓得光發現了昆蟲的一份祕密日報，經過他仔細的翻譯，我才明瞭事情的嚴重性，所以特別將內容刊登出來，希望各位看過之後，一起動動腦，想想辦法，否則人類可能會面臨和恐龍一樣的命運——從地球上絕跡。

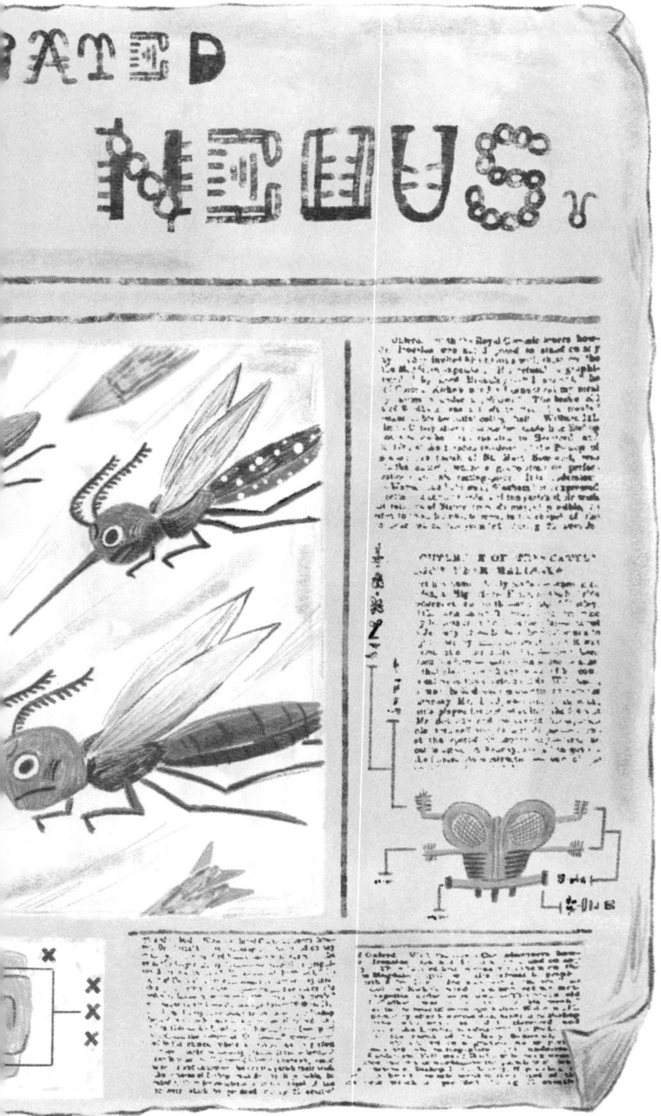

【昆蟲日報訊】

隨著盛暑來臨，熱浪一波一波侵襲本地，各類昆蟲都進入了活動期，尤其是蚊子，在各地大量繁殖，準備展開一年一度的人蚊大戰。本報記者特別走訪新成立的蚊子特攻隊，為您做戰況分析。

「人類和蚊子的戰爭已經進行了幾百萬年，這場仗打到現在不再是輸贏的問題，而是攸關種族的生存。」蚊子特攻隊隊長艾丁仁做上述表示。他說：「古早時代，人類頂多用手打蚊子，飛得快的、機靈點的蚊子，還可以留得小命一條。然而，現代的人類運用高科技製作強力的殺蟲劑、蚊香進行不蚊道的化學戰，已使得蚊類面臨

空前的浩劫，因為吸入毒氣除了導致死亡外，倖存的蚊子們也可能產下基因突變的畸形蚊。」

面對這種情勢，蚊子特攻隊延攬各方蚊才，從戰鬥訓練、武器改革、基因學、哲學等各方面研擬對策，以達全方位的作戰。

在戰鬥訓練方面，資深的飛行教官鄭如風表示：「技術是飛行安全的唯一法門。」針對人類只能用手不能用腳打蚊子的弱點，特攻隊全力發展「低空飛行法」，亦即飛行時盡量貼緊地面，叮咬目標對準人類膝蓋以下。此法的好處有三點：第一，飛行時脫離人類雙手的火力範圍，安全性大為提高。第二，遠離人類眼睛、耳朵，行進間不易被發現，尤其是飛行時，翅膀振動空氣發出的嗡嗡聲很難被察覺。第三，當人類發現時，必須彎腰、蹲下才能進行攻擊，可爭取較寬裕的時間逃脫。

而武器研發中心主任克宜香博士則致力於研究一種利用超薄鈦鎳合金，結合醫學移植技術的T12自動防毒面罩。它是採用直徑不到0.0001公分的鈦鎳合金製成，以符合蚊子身體能負荷的重量。克博士表示：「薄得像身體的一部分是T12的終極目標。」更值得一提的是，為了縮減穿戴面罩的時間及程序，研發團隊利用膠囊儲存的技術，將T12移植到蚊類嘴管的前端，當T12防毒系統的超靈敏感測器探測到殺蟲劑、蚊香等毒氣時，嘴管內的膠囊會自動伸出面罩，罩住全身，並製造純氧以供呼吸。克博士驕傲的提出宣

言：「有了T12面罩，每隻蚊子都能輕鬆的向毒品說『不』。」

除了前述諸如加強飛行技術及防毒設備等防禦措施外，蚊子特攻隊更積極投入蚊種的改良。基因學權威郝再生博士說：「一旦蚊種體內能自然產生防毒抗體，就不必再擔心任何的毒氣傷害，因此在蟲卵時期直接注射抗毒疫苗，促成基因改變，是最根本的辦法。」郝博士坦承，這項實驗牽涉的技術十分複雜，目前成功率僅千分之一；主要的癥結在於注射疫苗的時間及劑量如果控制不當，易造成蟲卵的死亡與畸形。而且這項實驗成本巨大，至今已花費三億蚊民幣。不過，郝博士一再強調，這些

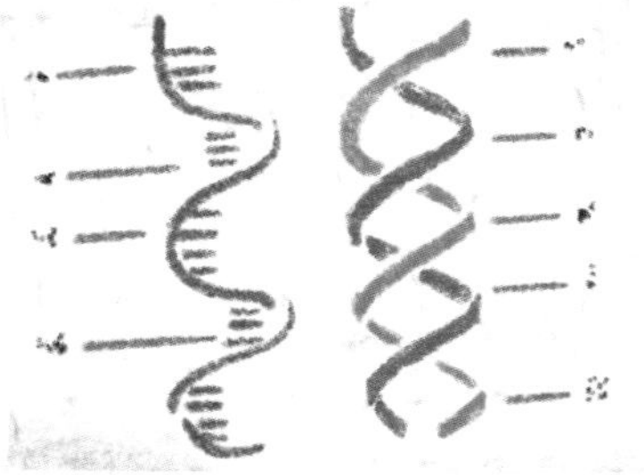

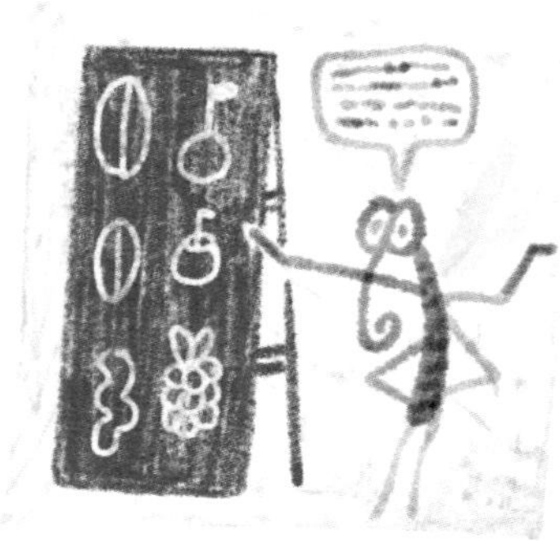

問題都可以克服，他對實驗抱持審慎而樂觀的態度。

積極備戰的不只有蚊子特攻隊，蚊類民間也有不同的方案。據悉一個名叫「恐怖一夏」的恐怖組織，揚言要加強散播病菌，讓人類全部死光光；而另一個名叫「綠色十字」的宗教團體，則駁斥「恐怖一夏」是同歸於盡的作法，因為散播病菌必先感染病菌，簡直拿生命開玩笑。該宗教團體強調，人蚊長久以來的仇恨，在於母蚊為促進排卵，提供卵子養分，必須吸食人畜的血液。而在吸食過程中，會使人畜的皮膚紅腫搔癢，甚至傳染致命疾病。因此，只要母蚊改吃素食，人蚊便能和平共存。不過一名蚊眾表示，一旦母蚊改吃素，下一代的品質可能會受影響，況且人類對無害的動植物，也常常毫無理由的趕盡殺絕，推測此舉並無法保障蚊類的安全。

綜合以上採訪，蚊類對於人蚊大戰有著長遠及深入的準備，其他面臨相同困境的昆蟲，例如蟑螂、蒼蠅等，也在觀望；他們表示，如有需要，他們願意與蚊類合作，共同打擊人類，謀求昆蟲界的生存。看來，人蚊大戰一觸即發，戰況將更加慘烈，且讓我們拭目以待。

（以上是天牛記者包大庭旅行報導）

11 瑪諾莎的面具

阿爾卑斯山下有個米勒村，村裡有個名叫瑪諾莎的姑娘。

雖然村裡每一個人都認識瑪諾莎，但是卻沒有人「見」過瑪諾莎。咦？這是怎麼回事？原來瑪諾莎是一個做面具的工匠，她能把面具做得和人的臉一模一樣，能眨眼、呼吸和吃東西。她每天都戴不同的面具，有的時候是一個老頭子，有的時候是個小姑娘……，所以沒有一個人見過她的真面目。

時間一天天過去，大家對瑪諾莎愈來愈好奇，有人說：「瑪諾莎，摘下你的面具，讓我看看你的真面目。」

瑪諾莎說：「好，沒問題。」說著揭下面具，露出一個骷髏頭，嚇得問話的人飛也似的往外逃。瑪諾莎笑著抓住他說：「別走，我還有另外一張臉。」邊說邊摘下骷髏頭，露出另一張臉。

就這樣，瑪諾莎的名聲愈來愈大。有個小伙子想：「要是能娶到這麼有才華的姑娘做妻子，一定很幸福。」於是就到米勒村向瑪諾莎求婚。

瑪諾莎看了看他說：「哼，想娶我哪有那麼簡單？我要嫁給聰明的人。」

小伙子說：「怎樣才算聰明的人呢？」

瑪諾莎想了想回答：「每天早上，我會去米勒市場買牛奶，要是你能在市場中找到我，我就嫁給你。」

小伙子歡呼，說：「我一定會找到你的。」

第二天一早，小伙子便到瑪諾莎家門口，在地上灑滿油漆。過了一會兒，瑪諾莎家裡出來一個老頭子，老頭一腳踩在了未乾的油漆上。

小伙子高興的想：「她中計了，我接下來只要跟著腳印，就能認出她。」

老頭果然每走一步，就留下一個油漆腳印，小伙子緊緊跟在後面。可是老頭走進市場後，就衝入人群中，一下子就不見了。

小伙子對自己說：「不要急，不要慌，你只要找到腳印沾有油漆的人就對了！」

可是他找呀找，連半個油漆印都沒有。

過了一會兒，一群赤腳的牧童，趕著羊經過，突然有人開

口唱：「聰明的小伙子，瑪諾莎就在這裡，你能認出她來嗎？」

瑪諾莎把鞋子脫了，當然沒有腳印，小伙子只好認輸。

第二天，他又想了一個主意。他在瑪諾莎家的門把上，塗上濃濃的玫瑰香水。

過了一會兒，瑪諾莎家裡出來一個胖婦人，她握住門把，把門關上。

小伙子高興的想：「她中計了，我只要跟著玫瑰的香味，就能找到她，而且香水也脫不掉，看她往哪裡跑？」

於是他跟著瑪諾莎走到市場，像上次一樣，瑪諾莎一到市場，便衝進人群中，一下子就不見了。

小伙子對自己說：「不要急，不要慌，你只要找到有玫瑰香味的人就對了！」

忽然，一股濃濃的玫瑰香撲鼻而來，他循著味道，找到一個賣鮮花的攤子，上面掛著「玫瑰大贈送」的紅布條。經過攤子的人，都拼命的搶玫瑰花。

這時，人群中又有人唱起歌：「聰明的小伙子，瑪諾莎就在這裡，你能認出她來嗎？」

小伙子聽了又急又氣，回去又想了一整夜。

這次，他不再守著瑪諾莎的家門口。他一早就到市場的牛奶攤，和老闆商量好，今天由他來賣牛奶。

沒多久，買牛奶的客人都上門了，有老的，有少的，有男的，有女的，小伙子把預備好的花蜜倒在牛奶裡，說：「本店新出產的花蜜乳，只要抹一點在臉上，保證男的青春、女的美麗。」說著也不管客人同不同意，硬是把花蜜抹在每一個客人的臉上。

然後，他悄悄放出一群蜜蜂。蜜蜂聞到客人臉上的花蜜香

味，像瘋了一樣衝過去，只聽到客人們的慘叫聲此起彼落。「哎呀！蜜蜂刺我！」「天啊，我腫了一個包。」一會兒，客人們一個個都被叮得滿臉包，只有一個瘌痢頭的臉上沒有長包。

「哈！瑪諾莎，我找到你了。」小伙子高興的抱著瘌痢頭大吼大叫，原來瑪諾莎戴著面具，蜜蜂根本刺不進去，當然不會長包。

瘌痢頭嘆了一口氣，把面具摘下。

哇！裡頭是一張美麗的臉

孔，烏黑黑的長髮、櫻桃似的小口，還有一雙像星星般的眼睛。

瑪諾莎說：「沒想到這小小的一根刺，竟能戳破我精心製造的假相。」

小伙子說：「可是，老婆，很少人能想到這根刺。」

小伙子看看瘌痢頭面具，再看看瑪諾莎，繼續說：「而且真實的東西永遠比假的好，對不對？」一邊說，一邊把手悄悄放上了瑪諾莎的腰。

12 鬍子國

你聽說過鬍子國嗎？這個國家有一個老祖宗傳下來的規矩——鬍子國的男生終身都不可以剪鬍子。這個規矩已經傳了好幾千年、好幾萬年，沒有人知道它是什麼時候開始的，沒有人知道它是怎麼來的，更沒有人敢違背它。因為傳說只要有一個人剪鬍子，全國就會倒大楣，而且鬍子愈長，福氣愈多。

因此全國老老少少的男人都留著一把長鬍子，年輕人稍微短一

點，老年人則大多拖到地啦！他們的鬍子常常造成一些小困擾，譬如說吃飯時得先把鬍子夾起來，免得沾到湯湯水水；一彎腰鬍子就成了現成的掃把，工作時鬍子也常礙手絆腳。鬍子長的人更糟糕，走路時不是踩到自己就是別人的鬍子，摔得四腳朝天是常有的事。就算把鬍子綁起來，也像下巴長條豬尾巴……。小困擾多了就成為大麻煩，鬍子國的男人漸漸不出門、不工作，整天在家裡梳鬍子、洗鬍子、晒鬍子，互相比較「誰的鬍子長」、「誰的鬍子最漂亮」。

這下鬍子國的女人可辛苦了，她們不僅要洗衣煮飯，還得代替男人挑水劈柴、耕田捕魚……。當她們忙不過來、喊男人幫忙時，男人們總是摸摸鬍子說：「不行，我要寶貝我的鬍子，萬一鬍子弄髒、弄斷了誰賠得起？」

一天，鬍子國來了一個陌生的男人，他肩膀上挑著一根扁擔，一端是水桶一端是木箱。奇怪的是，他臉上一根鬍子也沒有，臉蛋像剝了殼的雞蛋般光滑細緻。女人們像見到怪物，瞪大眼睛說不出話來，好半天才有人擠出一句：「你是男人嗎？」

陌生人點頭笑了笑。他綻開豔如玫瑰的脣，潔白的牙齒閃著珍珠似的光芒。女人們不禁紛紛讚嘆，因為她們好久沒看到有著這麼漂亮的脣與齒的男人；在鬍子國，脣與齒被埋藏在男人沉重的鬍子下，早已失去光彩。

陌生人從箱子裡拿出一把剪刀和一柄小剃刀說：「我是專業理

鬍師彼得，我聽說鬍子帶給你們可怕的災難，特別來解救你們。親愛的姊妹們，你們還要忍受鬍子嗎？你們想要沒有鬍子的老公和孩子嗎？快來找我彼得，鬍子一刀剪，煩惱兩邊拋！」

女人們聽了，紛紛飛奔回家找男人去剪鬍子。可是不論她們如何「一哭二鬧三上吊」，男人們死也不肯去剪鬍子，他們嚷著：「不行，男人剪鬍子會倒大楣。」

女人和男人吵起架來，公說公有理，婆說婆有理，吵到太陽下山，又吵到太陽升起，還在吵！

吵！吵！最後只好去找先知和先知婆評理。

先知和先知婆住在高山上，他們倆度過的歲月就如同先知的鬍子，長得令人無法計算。

先知聽了大家的話，翻遍了他珍藏的歷代古書，最後終於下了一個結論：「不能剪鬍子是老祖宗傳下來的規矩，我看遍歷代的記載，剪鬍子是從來沒有的事，相信一定有它的道理。況且要是男人沒有鬍子，我們還能叫做鬍子國嗎？」

先知摸摸他長長的鬍子說：「我鄭重宣布，千萬不能剪鬍子，那是從來也沒有的事。」

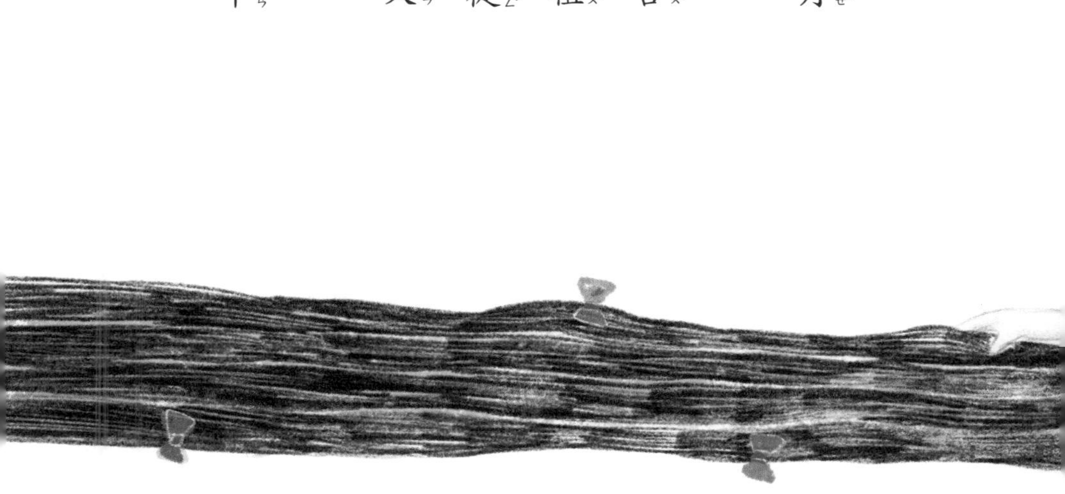

男人們聽了爆出歡呼的聲音。

「哎喲！」先知突然發出一聲慘叫，原來先知婆扯住先知的鬍子，她說：「從來都沒有的事就是壞事嗎？你用你的笨鬍子想想看，如果人類有了衣服還堅持穿樹葉，有了房屋卻還要住山洞，你現在還會在這裡舒舒服服看書、說話？」

先知打斷先知婆說：「你這老太婆懂什麼，改變傳統會使一切失去秩序，全國會陷於混亂，文化將要淪亡。」

先知婆冷笑一聲：「改變有什麼不好？我看你根本是害怕改變，你怕沒有了鬍子會讓你喪失偷懶的理由。」

嘩！女人們聽到先知婆替她們講出心中久藏的話，不禁感動得

流下眼淚。

先知氣得發抖，他找出一本古籍，翻給大家看，說：「你看，連書上都有記載一句古諺『嘴上無毛，辦事不牢』吧？」

先知婆氣極了，她叫：「我從來沒有看過你這位嘴上有毛的先生做過一件事，不知道你辦事到底牢不牢。倒是這麼多年來，我為你做牛做馬既牢靠又辛苦，從今天起我再也不能忍受你，還有你的鬍子了。」說完便頭也不回下山去，其他的女人們也跟著先知婆走了。

女人們決定到理鬍師彼得那邊，並且放話：「如果男人們不到彼得的理鬍攤來剪鬍子，我們就永遠不回家。」

男人們起先只是冷笑，依舊天天什麼事也不做，只是打理他們的寶貝鬍子。漸漸的，廚櫃裡的食物吃完了，乾淨衣服也穿光了，即使再節省的用，水缸的水也空了……。他們不得不動手做家事時，才發現家事是永遠做不完的，他們的鬍子更常幫倒忙，看來不剪鬍子比剪鬍子更倒楣。有些人忍不住苦，打算去剪鬍子，可是先知依然堅持著：「不行，剪鬍子是從來都沒有的事。」

先知的堅持是一件非常痛苦的事。天知道他有多想念先知婆煮的紅燒獅子頭、豆瓣鯉魚、麻婆豆腐……。當然最重要的是，沒有先知婆每天幫他整理鬍子，鬍子都打結了。但為了維護傳統，更重要的是維護自己的面子和自尊，先知不得不為反對而反對。

正當大家不知道該怎麼辦的時候，遠遠走來一個老人。他走得很慢很慢，幾

乎比一隻蝸牛快不了多少。

等他走近時，大家才發現，他走得慢是因為他的鬍子太長了。他把鬍子沿著身體繞了一圈又一圈直到腳底，還留了一大截拖在地上，害得他連腳也張不開，只能一吋一吋往前移動。

先知羨慕的對他說：「你有一把全世界最長最棒的鬍子啊！」

老人卻像沒聽到似的說：「請問有沒有一位理鬍師彼得？」

先知問：「你找理鬍師彼得做什麼？難道你要剪掉這把全世界最美的鬍子？」

老人聽了這句話，眼睛紅了起來，眼淚在眼眶裡轉呀轉，過了好久他才平靜下來說：「漂亮有什麼用？為了它，我失去了一切。」

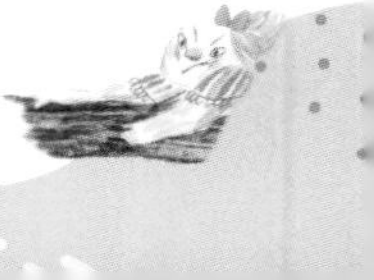

大家異口同聲問：「為什麼？」

老人長長嘆了一口氣，說：「這事兒說來話長，我從年輕的時候就開始留鬍子，我的鬍子又黑又亮，是全村公認最漂亮的鬍子，所以我從來捨不得剪，鬍子愈留愈長就變成今天這個模樣。有一天，天氣非常炎熱，我喊我太太拿扇子來給我，不料鬍子擋住我的嘴，使我的聲音變得模模糊糊，我太太聽錯了我的話，拿給我一把鏟子。我罵了她幾句，她就哭哭啼啼要去跳河，我急忙追了過去，卻被鬍子絆了一跤，撞翻火爐，火星散到地板上燒起來，我趕緊打水救火，可是鬍子讓我走不快，等我提水回來，大火已經燒掉了整個屋子……」

還沒等老人說完，男人們爭先恐後衝往理鬍師彼得的攤子，連先知也撩著鬍子跟著跑，只是他的鬍子擋住他的腳，害得他跑個倒數第一名。

等男人們剪完鬍子，女人們才歡天喜地的跟他們回家，但奇怪的是，女人們的長髮不見了，個個都變成短髮。

這時，那個長鬍子老人也趕到，他一把扯下他的鬍子說：「那當然，她們的頭髮都變成了我的鬍子啦！」

天啊！那可不正是先知婆嗎？

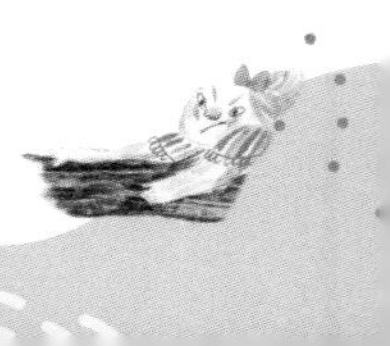

13 一字大師

從前有一個名叫葛大的窮小子，識字很少，也沒有一技之長，只能靠砍柴為生。他心想這樣下去，連自己都吃不飽，更別想娶老婆生孩子了，於是他打聽到深山裡有一位測字師父很靈，便去拜師學藝。

「你連名字都寫不好，還敢學測字？」老師父吹鬍子瞪眼的一直奚落著。後來是葛大千求萬求，外加掃地煮飯，老師父才終於答

應教他。老師父先從他名字中的「大」字開始教起，因為這個字最簡單、最好學。老師父把「大」字的寫法、用法、意義，以及從「大」字演變出來的其他字，一一教給葛大。哇！算一算小小一個「大」字，葛大足足學了三個月才學全。更沒想到才學完一個「大」字，老師父便嗚呼哀哉去了。

「至少我已經學會自己一半的名字了，比以前進步了百分之五十。」葛大安慰自己。不過這點程度怎麼能回答上門求字的人，所提出的各式各樣的問題呢？他想了很久，終於讓他找到了一個解方。葛大隨後在廟門口擺了個測字攤，攤上擺個冬瓜般大的竹筒，裡面放了幾百張字捲，上面統統寫著「大」字。

「這樣子不管客人直著抽，橫著抽，永遠都是這個『大』字，就沒人知道我的祕密了。」葛大覺得自己可真是聰明極了。

剛開始一個客人也沒有，葛大整天只能乾坐在攤子上，瞪著來來往往的人。

一天，一個婦人慌慌張張的在四周叫嚷：「小毛，小毛，你在哪裡？」

葛大問：「這位太太，你要尋人嗎？」

「是啊！我在找我的兒子小毛，他穿著綠上衣、黃褲子，胸前還掛個紅色的大荷包。」

葛大想起剛剛是看到這麼個孩子，追著皮球往前頭河邊跑去。

他靈機一動說：「沒看見，不過我可以幫你測個字，包你找到令郎，找不到不收錢。」

婦人心想試一試也不會少塊肉，便抽了一個字捲。葛大把字捲打開，露出「大」字。

婦人不識字，問：「這是什麼字？」

葛大假裝嚴肅的說：「這是個『大』字，求財求名都很好，只有尋人不太妙。」他指指「大」字，「從字義來看，『大』代表範圍很大很廣，而從字形來瞧，更向四方飛散，這在尋人來說可是天下茫茫，四方不明啊！」

婦人著急的叫：「那怎麼辦？」

葛大心想把情形說得嚴重點，將來才好多收點錢，於是他皺皺眉，提筆在「大」的右上方加上一點，變成了「犬」字。

「你看，這『大』字是『犬』字少了頭，人稱兒子為小犬，令郎恐有危險。」

婦人著急的哭著說：「真的嗎？找不回來了嗎？」

葛大提起筆東畫西畫說：「別急，你看這『大』是『左』字開頭少一撇，『右』字開頭缺一畫，這就是說，往左右方去找都不成，所以你該往前後方去找。」

婦人聽了急急往前方找去，沒多久，帶著溼淋淋的兒子回來，

原來她的孩子在河邊玩水忘了回家。婦人一見葛大便連聲道謝，還拿出十兩銀子酬謝：「要不是大師指點，說不定孩子便被水鬼抓走了呢！」

圍觀的人紛紛鼓掌叫好，葛大表面得意，心裡卻心虛，要不是他觀察力好、記憶力強，也逮不到這個好機會。於是葛大以後，更仔細的觀察四周的人、事、物，不清楚的就去打聽，沒多久，便把縣裡每個人的背景弄得一清二楚。不論哪個人上門測字，不用開口他也能猜到八九十分。

因此葛大聲名愈來愈響。有兩個秀才想試試他的功力，便一同來測字，其中一個秀才先抽，當然，還是「大」字。

葛大有些緊張，秀才認識的字鐵定比他多。生怕露出馬腳，他小心翼翼的問：「您要測什麼？」

「秀才測字，不問功名問什麼？」

葛大心裡盤算，好漢不吃眼前虧，說好不說壞，免得當場挨揍，連忙堆起笑臉說：「恭喜您！」

「怎麼說？」

「您瞧，『大』字拆開來，不就是『一』和『人』？這表示您將來可望當個位於一人之下，萬人之上的宰相呢！」

秀才聽了眉開眼笑，另一個秀才有點吃味，故意刁難說：「那我也測這個『大』字，難不成我也是宰相？不過宰相只有一個喲！」

葛大聽了心急，總不能說得一模一樣吧？

秀才不耐煩，用手指指字捲說：「快說吧！」

葛大看了，不禁暗叫天助我也。他故意大叫：「糟了！您這一指可指壞了。」葛大指著字捲說：「剛才您的手指剛好橫放在這個『大』字的上方，不就變成了一個『夫』字，我看您頂多當個大夫就不錯了。」

秀才聽了不悅，拉著前一個秀才要走。葛大剛鬆一口氣，又湧上一樁心事：「考試的結果很難說，我可不能說得那麼肯定。」

葛大急得直搖頭，偏巧打翻了桌子上的桂花糕，引來一堆螞蟻。

「有了，真是天降神兵。」葛大心想，一邊偷偷抓起一隻螞蟻，放在「大」字的中間，可不成了一個「太」字嗎？

「二位，且慢。」葛大急急叫住秀才們說：「您們看，無巧不巧闖來一隻螞蟻，這個『大』變成了『太』。」

兩個秀才異口同聲說：「那又如何？」

「這是天機，本來天機不可洩漏，不過事關二位的前程，我不得不說。」葛大回應，而後壓低了聲調：「二位一定要小心，千萬要避開水才行，因為『太』字沾了水，就變成了『汰』，必定慘遭淘汰。」

「呸！呸！呸！胡說八道，難道我們倆從今天起碰不得一滴水嗎？」兩個秀才邊罵邊走，而葛大卻暗喜：「留下這一手伏筆，將來這兩個小子沒考上，我只要隨便編個與水有關的理由，不就可以搪塞了嗎？比如說考試當天下雨，或是家住池塘邊，甚至女人也可稱做禍水……。」他愈想愈覺得自己聰明過人，決定好好養幾隻螞蟻，必要時往「大」字上一放，馬上就變出「太」字、「夭」字，比魔術還神奇。

沒想到，更神奇的事發生了。那兩個秀才進京趕考時，遇到黃河決堤，根本無法上京，雙雙逃回縣裡。這個消息一傳出，葛大的

聲名更響了。你看，黃河可不就是大水，二人遇水便遭淘汰嘛！大家爭相傳誦葛大的神奇，卻沒有人想過，這次黃河決堤，全國有一大半的秀才都無法應試，難道個個都是命中犯水？

縣官聽了這件事，連忙叫人去請葛大來幫他測測運氣。這縣官一心想升官發財，手下更是個個見財眼開，經常壓榨百姓，連葛大也被敲詐過。

葛大請縣官抽字捲，不用說還是個「大」字。

葛大恭維的說：「您不愧是本縣的父母官，一抽便抽到這張字王。您看，『大』乃大者，人上人的意思，非常符合您的身分地位。」

縣官被馬屁薰得團團轉。

「不過——」葛大突然眉頭深鎖，滿面愁容。

「有什麼不對？」

葛大提起筆，在「大」的兩邊各加一個人字，說：「大人恐忌小人，您看『大』字旁邊圍滿了人就成了『夾』字，運氣被夾住，升遷無望。」

「對呀！怪不得本縣官老是升不了官，有辦法可以化解嗎？」縣官急問。

葛大假意沉吟許久，然後說：「有是有，不過得慢慢來。」他在大的下方寫上一個「小」字，說：「『小』是心的另一種寫法，放在大的下方，便成了『添』字的一部分。如果大人修身養性，多

積陰德，多存善心，自然能添官添財、添福添壽、添子添孫。」

「是！是！是！我一定照辦。」縣官送給葛大一筆錢，從此不敢作怪，還把作惡的手下解僱。人人都說葛大是縣民的再生父母，送錢又送禮。

不過，人怕出名豬怕肥，雖然葛大警告每一個來測字的人，不可以把測的字告訴別人，不過嘴巴長在別人臉上，這個「大」祕密，遲早會被拆穿，葛大愈想愈害怕，趕緊偷偷逃走了。縣民卻以為他是位行蹤不定的活神仙，特別為他建了一座「葛天師廟」，早晚上香膜拜。至於葛大則靠著一個「大」字，走遍全國，終成一代宗師。

國家圖書館出版品預行編目（CIP）資料

妖怪森林 / 劉思源作 ; 貓魚繪 . -- 初版 . -- 新北市 : 遠足文化事業股份有限公司字畝文化出版 : 遠足文化事業股份有限公司發行 , 2022.03
面 ;　公分
注音版
ISBN 978-986-0784-98-5（平裝）
863.596　　110016890

XBSY0045
妖怪森林

作　　者：劉思源
插　　畫：貓　魚

字畝文化創意有限公司
社　　長：馮季眉
特約編輯：蔡智蕾
編　　輯：陳奕安、徐子茹、戴鈺娟、陳心方、巫佳蓮
美術設計：張簡至真

讀書共和國出版集團
社　　長：郭重興
發行人暨出版總監：曾大福
業務平臺總經理：李雪麗｜業務平臺副總經理：李復民
實體通路協理：林詩富｜網路暨海外通路協理：張鑫峰
特販通路協理：陳綺瑩｜印務協理：江域平｜印務主任：李孟儒

發行｜遠足文化事業股份有限公司
地　　址：231 新北市新店區民權路 108-2 號 9 樓
電　　話：(02)2218-1417｜傳　　真：(02)8667-1065
電子信箱：service@bookrep.com.tw　網址：www.bookrep.com.tw

法律顧問：華洋法律事務所　蘇文生律師
印　　製：中原造像股份有限公司

2022 年 3 月　初版一刷　定價：320 元
ISBN 978-986-0784-98-5　書號：XBSY0045